Je peux lire!
Dictionnaire visuel

Aidan Power

Je peux lire!
Dictionnaire visuel

Compilé par Gina Shaw et Kimberly Weinberger
Conseillère : Peggy Intrator

Illustrations :
Ron Fritz, Patti Goodnow,
Cristina Ong, Marcy Dunn Ramsey

Texte français : Grande Allée Translation Bureau

Éditions

Données de catalogage avant publication (Canada)

Shaw, Gina
Dictionnaire visuel
(Je peux lire!)

Traduction de : Picture dictionary.
Comprend un index.

ISBN 0-439-98543-9

1. Dictionnaires illustrés pour la jeunesse – français.
2. Français (Langue) – Dictionnaires pour la jeunesse.
I. Weinberger, Kimberly. II. Fritz, Ronald. III. Grande Allée
Translation Bureau. IV. Titre. V. Collection.

PC2629.S52 2000   j443'.1   C00-931486-5

Ron Fritz : pages 22-23, 26-27, 34-35, 36-37, 38-39, 46-47, 54-55, 68-69, 76-77.

Patti Goodnow : pages 8-9, 10-11, 12-13, 42-43, 48-49, 50-51, 72-73, 82-83, 84-85.

Cristina Ong : pages 14-15, 24-25, 28-29, 30-31, 32-33, 40-41, 44-45, 64-65, 70-71, 78-79, 80-81.

Marcy Dunn Ramsey : pages 16-17, 18-19, 20-21, 52-53, 56-57, 58-59, 60-61, 62-63, 66-67, 74-75.

Édition publiée par les Éditions Scholastic,
175 Hillmount Road, Markham (Ontario) L6C 1Z7.

5 4 3 2   Imprimé au Canada   05 06 07 08

Le Dictionnaire visuel de la collection *Je peux lire!* a été conçu pour aider les enfants à enrichir leur vocabulaire en leur présentant plus de 650 mots. Inspiré de la série de livres faciles à lire *Je peux lire!*, ce dictionnaire ne manquera pas d'aider les enfants à améliorer leurs compétences linguistiques en leur faisant identifier les illustrations représentant des objets de tous les jours.

Ce livre se divise en 39 thèmes, chaque thème s'étalant sur deux pages. Ces deux pages comportent une illustration accompagnée, dans la marge, d'une liste de mots affectés chacun d'un numéro et d'un petit dessin. Les enfants peuvent identifier les objets familiers sur la grande illustration, puis vérifier leurs réponses dans la marge. De plus, on trouve à la fin du livre un index complet de tous les mots.

Ce livre aidera aussi bien les enfants qui apprennent le français que ceux qui commencent à apprendre à lire.

Table des matières

Les lettres de l'alphabet

A a B b C

F f G g H h

L l M m N

Q q R r S

V v W w X

c Dd Ee

Ii Jj Kk

n Oo Pp

s Tt Uu

x Yy Zz

Les nombres de 1 à 10

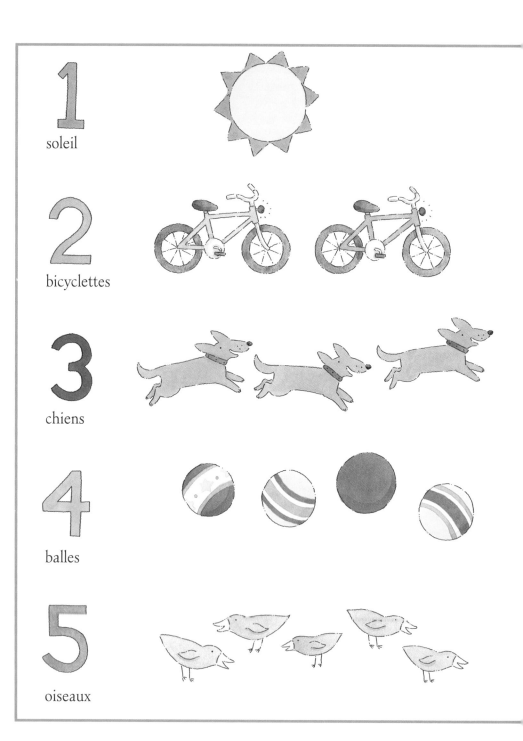

1 soleil

2 bicyclettes

3 chiens

4 balles

5 oiseaux

6 cerfs-volants

7 nuages

8 parapluies

9 canards

10 tortues

(1) un

(2) deux

(3) trois

(4) quatre

(5) cinq

(6) six

(7) sept

(8) huit

(9) neuf

(10) dix

Les nombres de 11 à 20

11
voiliers

12
réveille-matin

13
cornets de
crème glacée

14
fraises

15
poissons

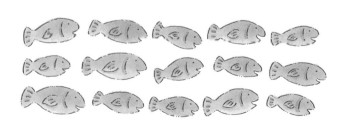

16
abeilles

17
fleurs

18
coccinelles

19
escargots

20
étoiles

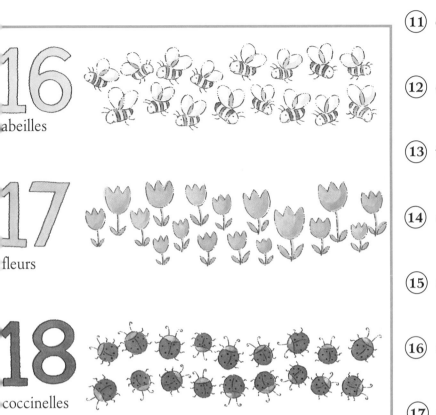
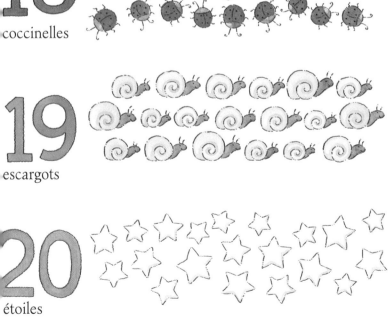

Les couleurs

1 bleu

2 brun

3 rouge

4 jaune

5 rose

6 mauve

7 noir

8 blanc

9 vert

10 orange

La famille

 moi

 ma sœur

 ma maman

4 mon
petit frère

 **5** mon papa

 6 mon frère

 7 ma grand-maman

 8 mon grand-papa

 9 mon oncle

 10 ma tante

 11 ma grand-tante

 12 ma cousine

 12 a mon cousin

Les sentiments

 joyeuse

 triste

 fâché

 effrayée

 calme

 timide

 courageuse

 surprise

 fier

 désolé

19

Les parties du corps

(1) le doigt   (3) la tête   (5) la bouche

(2) le bras   (4) l'œil   (6) les dents

(7) le dos

(9) le nez

(11) la cheville

(8) le ventre

(10) la main

(12) l'épaule

(13) l'oreille

(14) le cou

(15) le genou

(16) les cheveux

(17) la jambe

(18) l'ongle

(19) le pied

(20) l'orteil

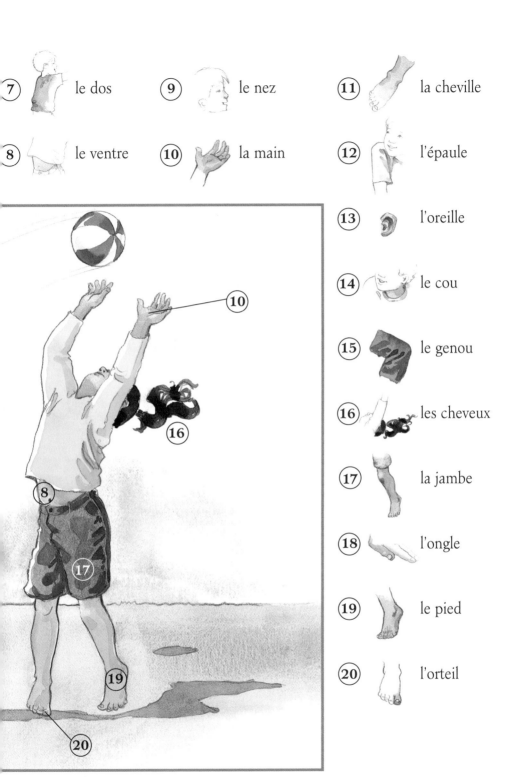

Les vêtements

(1) une chemise   (2) une ceinture   (3) un jean

(4) une casquette

(5) un bouton

(6) un pantalon

(7) des bas

(8) une robe

(9) des souliers

(10) une blouse

(11) une jupe

(12) un T-shirt

(13) des collants

(14) un gilet

(15) des chaussures de sport

La chambre à coucher

1. une porte
2. un peignoir de bain
3. un cintre
4. un miroir
5. un store
6. une fenêtre

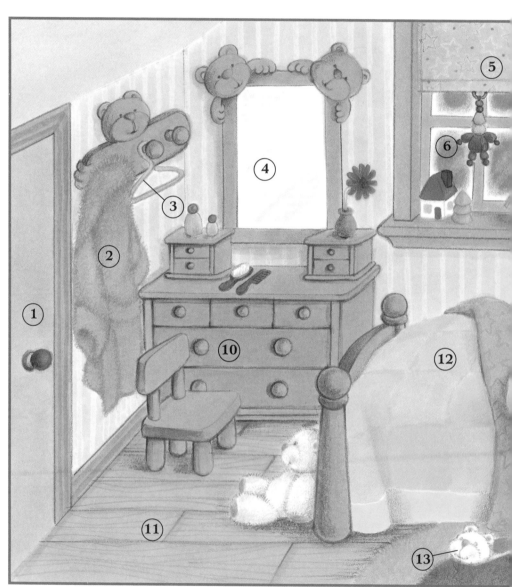

7 une lampe   9 un plafond   11 un plancher

8 un mur   10 une commode   12 une couverture

13 une pantoufle

14 un pyjama

15 un drap

16 un oreiller

17 un lit

18 un tapis

19 un tiroir

20 un réveille-matin

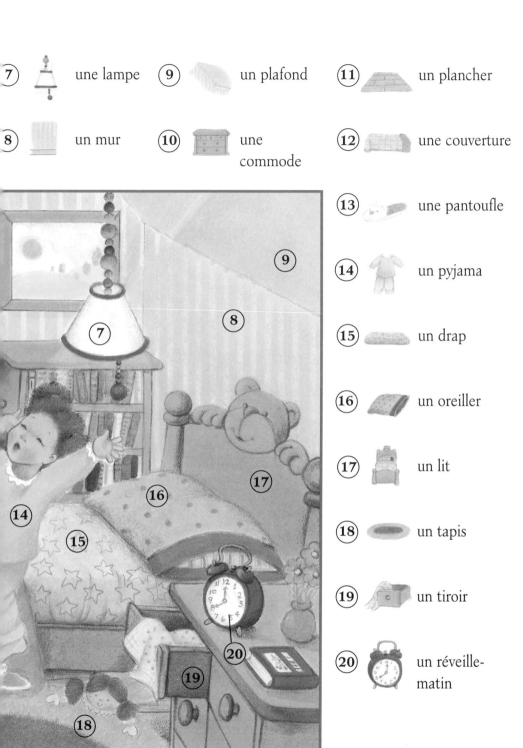

25

Les jouets

(1) un casse-tête

(2)  un jeu

(3) un ourson

(4) un animal en peluche

(5) une poupé

(6) une maiso de poupée

26

un jeu
de cartes

 un camion

 des cubes

 un ballon

 un tambour

 une balle

 un jeu
de dames

 une figurine
flexible

 un jeu
d'échecs

 des crayons de
cire

 un chevalet

 de la peinture

 des billes

 une auto
miniature

27

La salle de bains

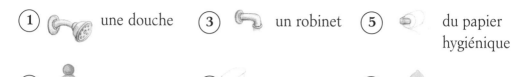

1. une douche
2. un shampoing
3. un robinet
4. une toilette
5. du papier hygiénique
6. un canard

7 une débarbouillette

9 des bulles de savon

11 un rideau de douche

8 une baignoire

10 un tapis de bain

12 une serviette

13 un porte-serviettes

14 une armoire à pharmacie

15 du dentifrice

16 une brosse à dents

17 un savon

18 un porte-savon

19 une brosse

20 un peigne

29

Le salon

1 un tableau

3 un foyer

5 un tapis

2 un feu

4 des marches

6 une bibliothè

de la lumière

 une chaise berçante

 (9) une étagère

 (10) un magnétoscope

 (11) un téléviseur

 (12) une chaîne stéréo

 (13) des disques compacts

 (14) des cassettes

 (15) des rideaux

 (16) une plante

 (17) un téléphone

 (18) une table de salon

 (19) un vase

 (20) un sofa

31

La cuisine

 1 un balai   **3** un congélateur   **5** une armo: de cuisine

2 un réfrigérateur   **4** un comptoir   **6** un grille-pain

7 un bol

8 un évier

9 une casserole

10 une poêle

11 une cuisinière

12 un four

13 un verre

14 une tasse

15 une soucoupe

16 une cuillère

17 un couteau

18 une assiette

19 une serviette de table

20 une fourchette

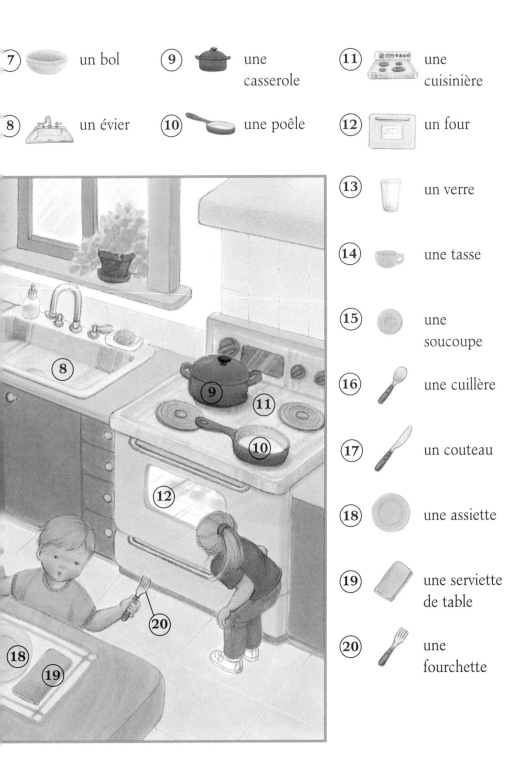

33

Les repas : le déjeuner

 (1) des fraises

 (3) du beurre

(5)  une banane

(2) du fromage à la crème

(4) une tomate

(6) du lait

7 du gruau   9 une gaufre   11 du jus d'orange

8 du sucre   10 des œufs brouillés   12 de la confiture

13 une rôtie

14 un muffin

15 une pâtisserie

16 une crêpe

17 un œuf

18 un bagel

19 du sirop

20 des céréales

35

Les repas : le dîner

 1 des croustilles

3 du beurre d'arachides

5 des biscuits

2 des bretzels

4  de la gelée

6 du pain

36

(7) du fromage

(8) une paille

(9) une boisson gazeuse

(10) un hamburger

(11) des cerises

(12) des frites

(13) des craquelins

(14) un hot-dog

(15) du lait au chocolat

(16) de la moutarde

(17) du ketchup

(18) un sandwich

(19) une pomme

(20) du jus de pomme

Les repas : le souper

(1) des raisins   (3) un glaçon   (5) du poivre

(2) une orange   (4) du sel   (6) du gâteau

(7) des fèves

(8) une salade

(9) des boulettes de viande

(10) du spaghetti

(11) un poisson

(12) une pomme de terre

(13) du riz

(14) de la sauce

(15) une soupe

(16) un petit pain

(17) une carotte

(18) des petits pois

(19) du maïs

(20) une cuisse de poulet

La classe

1 une image

2 un livre

3 un crayon de couleur

4 un crayon

5 un pupitre

6 un stylo

(7) une enseignante

(8) une craie

(9) un tableau

(10) un sac à dos

(11) un pinceau

(12) de la pâte à modeler

(13) des essuie-tout

(14) une chaise

(15) un cahier

(16) de la colle

(17) des ciseaux

(18) du papier

(19) un marqueur

(20) un élève

Le quartier

(1) une maison (3) un magasin (5) une banque

(2) un restaurant (4) un supermarché (6) un immeuble résidentiel

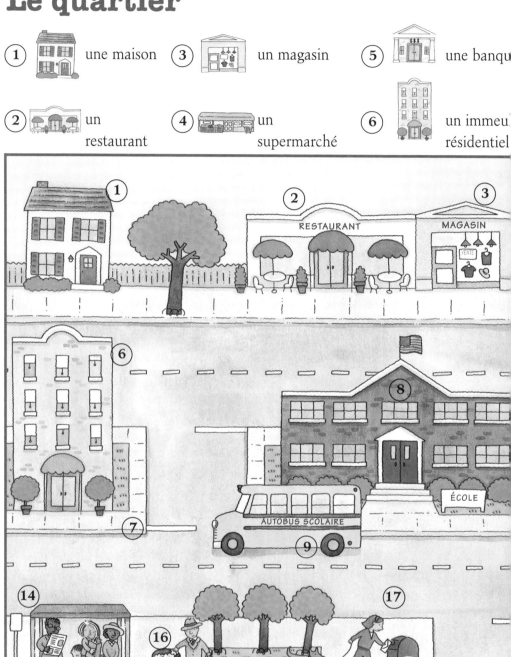

7 un coin

8 une école

9 un autobus scolaire

10 un trottoir

11 une bibliothèque

12 un garçon

13 une fille

14 un arrêt d'autobus

15 des gens

16 une poubelle

17 une rue

18 une boîte aux lettres

19 une caserne de pompiers

20 un poste de police

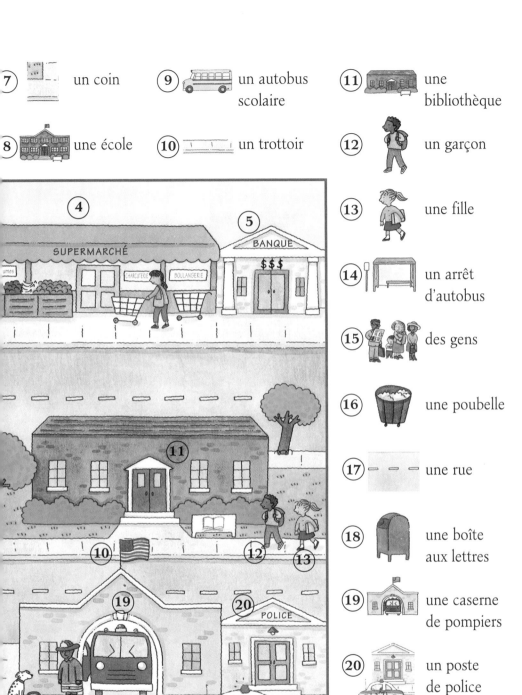

SUPERMARCHÉ

BANQUE

$ $ $

POLICE

43

Le supermarché

1 un aliment surgelé

2 un chariot d'épicerie

3 des fruits

(4) une allée

(5) un boucher

(6) de la viande

(7) des bonbons

(8) des légumes

(9) du brocoli

(10) des épinards

(11) de la laitue

(12) une caisse enregistreuse

(13) une caissière

(14) de l'argent

(15) un sac d'emballage

Les moyens de transport

(1) une fusée   (3) un avion   (5) une voiture de pompie

(2) un hélicoptère   (4) un train   (6) une fourgonne

(7) un traîneau

(8) une auto

(9) un autobus

(10) un camion à bascule

(11) une voiture de police

(12) une ambulance

(13) un taxi

(14) un camion-remorque

(15) une motocyclette

(16) une bicyclette

(17) un canot

(18) un bateau à moteur

(19) un voilier

(20) une chaloupe

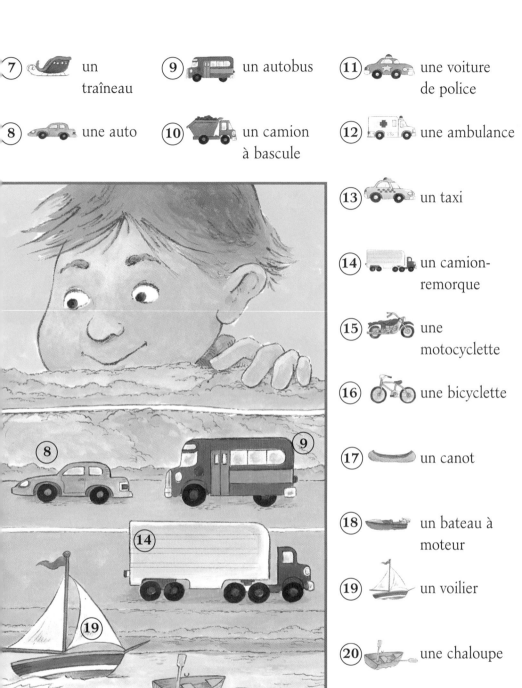

47

Chez le médecin

 1 un magazine **2** un plâtre **3** une infirmière

(4)  un tabouret

(5) un ordinateur

(6) une échelle visuelle

(7) un pèse-personne

(8) un placard

(9) une seringue

(10) un stéthoscope

(11) un thermomètre

(12) une patiente

(13) 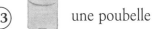 une poubelle

(14) une pilule

(15)  un médicament

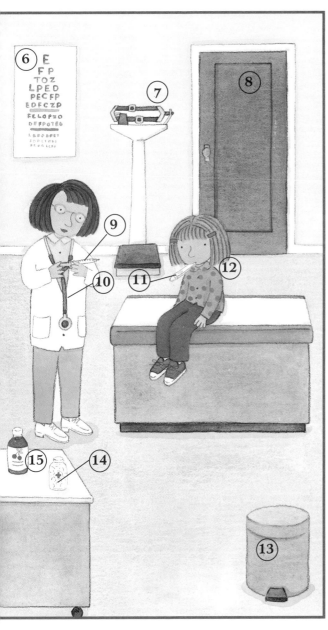

Au parc

1. une structure d'escalade
2. une glissoire
3. un arbre
4. un rocher
5. une balançoire
6. un carré de sable
7. une bascule
8. du gazon
9. une fontaine
10. un tricycle

51

Sur le terrain de jeu

1. pousser
2. courir
3. tirer
4. lancer
5. grimper
6. attraper
7. marcher
8. se pencher
9. sauter à la corde
10. ramper

53

Les sports

 (1) un panier

 (3) des genouillères

 (5) un ballon de footbal

 (2) un ballon de basketball

 (4) un ballon de soccer

 (6) une balle de tennis

7 une raquette de tennis

8 un bâton de ski

9 des skis

10 un bâton de baseball

11 une balle de baseball

12 un but

13 un filet

14 un casque

15 des patins à roues alignées

16 une planche à roulettes

17 une rondelle de hockey

18 un bâton de hockey

19 un but

20 une planche à neige

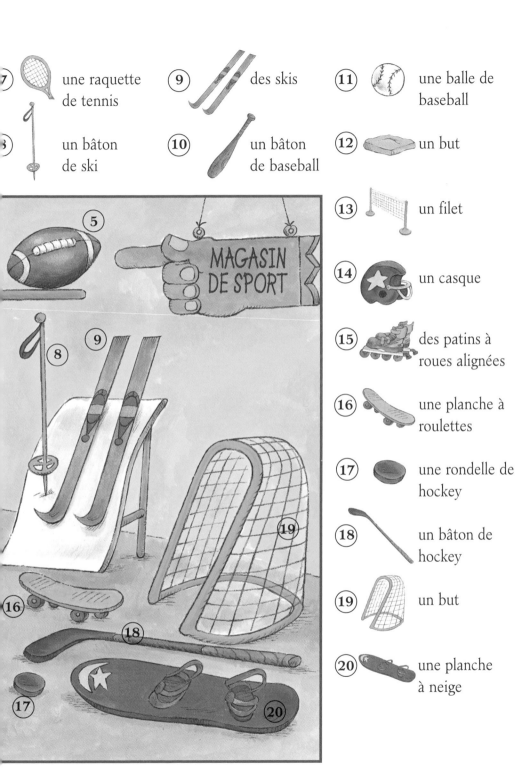

MAGASIN DE SPORT

55

Les travailleurs et travailleuses

 1 un chef de train

2 un camionneur

 3 une docteure

4 un journaliste

 5 une juge

 6 un chauffe de taxi

56

(7) un acteur

(8) une chauffeuse d'autobus

(9) une scientifique

(10) un policier

(11) un pompier

(12) une ouvrière

(13) une artiste

(14) une avocate

(15) un dentiste

(16) un joueur de soccer

(17) un bibliothécaire

(18) une coiffeuse

(19) un pilote

(20) une factrice

Les animaux domestiques

 (1) un perroquet

 (2) un oiseau

 (3) un poisson rouge

 (4) un chien

(5) un chat

 (6) une tortue

(7) un lapin

 (8) un cochon d'Inde

 (9) un hamster

 (10) une gerbille

Les animaux — 1

 ① une girafe

 ② un kangourou

 ③ un dromadaire

 ④ un hippopotame

 ⑤ un éléphant

 ⑥ un zèbre

 ⑦ un ours

 ⑧ un tigre

 ⑨ un singe

 ⑩ un lion

61

Les animaux — 2

1. une mouche
2. un raton laveur
3. un renard
4. un cerf
5. un serpent
6. une araignée
7. un loup
8. un suisse
9. une souris
10. une mouffette

Les animaux — 3

1. une mouette
2. une tortue marine
3. un poisson
4. une crevette
5. une pieuvre
6. un crabe
7. une étoile de mer
8. un crocodile
9. une grenouille
10. une salamandre

65

Les animaux — 4

(1) un cheval   (2) une corneille   (3) un poney

4) une vache 5) un veau 6) un cochon

7) une oie

8) un âne

9) un bélier

10) un poussin

11) un coq

12) une poule

13) un agneau

14) un mouton

15) un canard

67

La ferme

1 un champ   3 un épouvantail   5 un silo

2 le ciel   4 du blé   6 du foin

7 une grange

8 une maison de ferme

9 un fermier

10 de la saleté

11 un tracteur

12 une brouette

13 de la boue

14 une remise

15 une écurie

16 des graines

17 de l'eau

18 un étang

19 une fourche

20 une clôture

Le calendrier

(1) janvier

					1	2
3	4	5	6	7	8	9
10	11	12	13	14	15	16
17	18	19	20	21	22	23
24/31	25	26	27	28	29	30

(2) février

1	2	3	4	5	6
7	8	9	10	11	12	13
14	15	16	17	18	19	20
21	22	23	24	25	26	27
28						

(4) avril

				1	2	3
4	5	6	7	8	9	10
11	12	13	14	15	16	17
18	19	20	21	22	23	24
25	26	27	28	29	30	

(5) mai

						1
2	3	4	5	6	7	8
9	10	11	12	13	14	15
16	17	18	19	20	21	22
23/30	24/31	25	26	27	28	29

(7) juillet

				1	2	3
4	5	6	7	8	9	10
11	12	13	14	15	16	17
18	19	20	21	22	23	24
25	26	27	28	29	30	31

(8) août

1	2	3	4	5	6	7
8	9	10	11	12	13	14
15	16	17	18	19	20	21
22	23	24	25	26	27	28
29	30	31				

(10) octobre

					1	2
3	4	5	6	7	8	9
10	11	12	13	14	15	16
17	18	19	20	21	22	23
24/31	25	26	27	28	29	30

(11) novembre

	1	2	3	4	5	6
7	8	9	10	11	12	13
14	15	16	17	18	19	20
21	22	23	24	25	26	27
28	29	30				

mars

	1	2	3	4	5	6
7	8	9	10	11	12	13
14	15	16	17	18	19	20
21	22	23	24	25	26	27
28	29	30	31			

(3)

juin

		1	2	3	4	5
6	7	8	9	10	11	12
13	14	15	16	17	18	19
20	21	22	23	24	25	26
27	28	29	30			

(6)

septembre

		1	2	3	4
5	6	7	8	9	10	11
12	13	14	15	16	17	18
19	20	21	22	23	24	25
26	27	28	29	30		

(9)

décembre

		1	2	3	4
5	6	7	8	9	10	11
12	13	14	15	16	17	18
19	20	21	22	23	24	25
26	27	28	29	30	31	

(12)

(13) année

(14) dimanche

(15) lundi

(16) mardi

(17) mercredi

(18) jeudi

(19) vendredi

(20) samedi

Les saisons : l'automne

1 une feuille   **2** une branche   **3** un pneu

(4) un chandail molletonné

(5)  un pantalon molletonné

(6) un costume de fantôme

(7) un costume de squelette

(8) une montre

(9) un col roulé

(10) un gland

(11) un écureuil

(12) une pomme de pin

(13) un chandail

(14) un panier

(15) une citrouille

Les saisons : l'hiver

 ① la lune

② des cache-oreilles

③ une boule de neige

4 un bonhomme de neige

 5 une tuque

 6 des mitaines

 7 un manteau

 8 un foulard

 9 de la glace

 10 un blouson

 11 des bottes

 12 un traîneau

 **13** de la neige

 14 des gants

 15 des patins

Les saisons : le printemps

(1) un arc-en-ciel (2) un parapluie (3) un nuage

PARC

76

4 de la pluie **5** un arrosoir **6** une flaque d'eau

7 un tournesol

8 un jardin

9 une tulipe

10 une rose

11 une épine

12 une marguerite

13 une tige

14 un pétale

15 un papillon

Les saisons : l'été

1  le soleil   **2** une vague   **3** l'océan

(4) une plage

(5) un gardien de plage

(6) une bouée de sauvetage

(7) un château de sable

(8) un coquillage

(9) un seau

(10) des maillots de bain

(11) du sable

(12) une chaise de plage

(13) une serviette de plage

(14) des lunettes de soleil

(15) un cornet de crème glacée

Le pique-nique

1. nager
2. cuisiner
3. lire
4. dormir
5. sentir
6. rire
7. boire
8. manger
9. verser
10. danser

81

Les contraires — 1

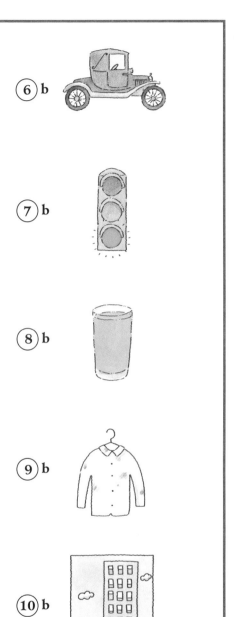

(6) b

(7) b

(8) b

(9) b

(10) b

(1) a chaud   (1) b froid

(2) a mouillé   (2) b sec

(3) a derrière   (3) b devant

(4) a au-dessous   (4) b au-dessus

(5) a grand   (5) b petit

(6) a nouveau   (6) b vieux

(7) a arrêt   (7) b marche

(8) a vide   (8) b plein

(9) a propre   (9) b sale

(10) a haut   (10) b bas

Les contraires — 2

(6) b

(7) b

(8) b

(9) b

(10) b

(1) a gros   (1) b mince

(2) a seul   (2) b ensemble

(3) a nuit   (3) b jour

(4) a monter   (4) b descendre

(5) a loin   (5) b proche

(6) a lent   (6) b rapide

(7) a dedans   (7) b dehors

(8) a long   (8) b court

(9) a ouvert   (9) b fermé

(10) a par-dessus   (10) b par-dessous

Index

	Numéro de page	Numéro du mot		Numéro de page	Numéro du mot
feuille (f)	72	1	gaufre (f)	35	9
fèves (f)	39	7	gazon (m)	51	8
février (m)	70	2	gelée (f)	36	4
fier	19	9	genou (m)	21	15
figurine flexible (f)	27	14	genouillères (f)	54	3
filet (m)	55	13	gens (m)	43	15
fille (f)	43	13	gerbille (f)	59	10
flaque d'eau (f)	77	6	gilet (m)	23	14
foin (m)	68	6	girafe (f)	61	1
fontaine (f)	51	9	glace (f)	75	9
foulard (m)	75	8	glaçon (m)	38	3
four (m)	33	12	gland (m)	73	10
fourche (f)	69	19	glissoire (f)	51	2
fourchette (f)	33	20	graines (f)	69	16
fourgonnette (f)	46	6	grand	83	5a
foyer (m)	30	3	grand-maman (f)	17	7
fraises (f)	34	1	grand-papa (m)	17	8
frère (m)	17	6	grand-tante (f)	17	11
frites (f)	37	12	grange (f)	69	7
froid	83	1b	grenouille (f)	65	9
fromage (m)	37	7	grille-pain (m)	32	6
fromage à la crème (m)	34	2	grimper	53	5
fruits (m)	44	3	gros	85	1a
fusée (f)	46	1	gruau (m)	35	7

G

	Numéro de page	Numéro du mot
gants (m)	75	14
garçon (m)	43	12
gardien de plage (m)	79	5
gâteau (m)	38	6

H

	Numéro de page	Numéro du mot
hamburger (m)	37	10
hamster (m)	59	9
haut	83	10a
hélicoptère (m)	46	2

	Numéro de page	Numéro du mot		Numéro de page	Numéro du mot
sentir	81	5			
sept	11	7	**T**		
septembre (m)	71	9	table de salon (f)	31	18
seringue (f)	49	9	tableau (m)	30	1
serpent (m)	63	5	tableau (m)	41	9
serviette (f)	29	12	tabouret (m)	49	4
serviette de plage (f)	79	13	tambour (m)	27	10
serviette de table (f)	33	19	tante (f)	17	10
seul	85	2a	tapis (m)	25	18
shampoing (m)	28	2	tapis (m)	30	5
silo (m)	68	5	tapis de bain (m)	29	10
singe (m)	61	9	tasse (f)	33	14
sirop (m)	35	19	taxi (m)	47	13
six	11	6	téléphone (m)	31	17
skis (m)	55	9	téléviseur (m)	31	11
sœur (f)	16	2	tête (f)	20	3
sofa (m)	31	20	thermomètre (m)	49	11
soleil (m)	78	1	tige (f)	77	13
soucoupe (f)	33	15	tigre (m)	61	8
souliers (m)	23	9	timide	19	6
soupe (f)	39	15	tirer	53	3
souris (f)	63	9	tiroir (m)	25	19
spaghetti (m)	39	10	toilette (f)	28	4
stéthoscope (m)	49	10	tomate (f)	34	4
store (m)	24	5	tortue (f)	59	6
structure d'escalade (f)	51	1	tortue marine (f)	65	2
stylo (m)	40	6	tournesol (m)	77	7
sucre (m)	35	8	tracteur (m)	69	11
suisse (m)	63	8	train (m)	46	4
supermarché (m)	42	4	traîneau (m)	47	7
surprise (f)	19	8	traîneau (m)	75	12

AVOIR (présent de l'indicatif)

j'ai

tu as

il, elle a

nous avons

vous avez

ils, elles ont

ÊTRE (présent de l'indicatif)

je suis

tu es

il, elle est

nous sommes

vous êtes

ils, elles sont

(f) indique le genre féminin; (m) indique le genre masculin.